AF348250

INSTITUT DE FRANCE.

ACADÉMIE DES INSCRIPTIONS ET BELLES-LETTRES

RAPPORT

FAIT AU NOM DE LA COMMISSION

DES ANTIQUITÉS DE LA FRANCE

SUR LES OUVRAGES ENVOYÉS AU CONCOURS

DE L'ANNÉE 1899

PAR

M. SALOMON REINACH

Lu dans la séance du 12 juillet 1899

PARIS

TYPOGRAPHIE DE FIRMIN-DIDOT ET Cie

IMPRIMEURS DE L'INSTITUT DE FRANCE, RUE JACOB, 56

M DCCC XCIX

INSTITUT
1899. — 20.

INSTITUT DE FRANCE

ACADÉMIE DES INSCRIPTIONS ET BELLES-LETTRES

RAPPORT

FAIT AU NOM DE LA COMMISSION

DES ANTIQUITÉS DE LA FRANCE

SUR LES OUVRAGES ENVOYÉS AU CONCOURS

DE L'ANNÉE 1899

PAR

M. SALOMON REINACH

Lu dans la séance du 12 juillet 1899

MESSIEURS,

Si l'embarras qu'on éprouve à classer les concurrents donnait la mesure exacte de la valeur d'un concours, celui que votre Commission vient d'être appelée à juger devrait compter parmi les plus brillants. Le nombre des érudits qui ont sollicité vos suffrages s'est élevé à trente-cinq ; l'an dernier, il n'était que de vingt-deux. Parmi les quarante-six volumes ou brochures qu'ils vous ont adressés, il n'en est presque pas qui ne soient le fruit de recherches laborieuses et qui ne révèlent, chez leurs auteurs, de bons principes de critique et de méthode. Plus de la moitié des concurrents se présentaient avec des titres si sérieux que vous auriez voulu ne refuser à aucun d'eux le témoignage mérité de votre estime. Mais si la force moyenne du concours a paru plus élevée qu'à l'ordinaire, vous avez constaté, d'autre part, que parmi les ouvrages destinés aux récompenses, il ne s'en est pas trouvé, cette année, qui réunît du premier abord tous les suffrages et vînt se placer comme de haut vol au-dessus des autres. De là, pour vous, un surcroît de perplexité, puisque, entre tant de travaux solides, aucun ne vous était nettement désigné par son éclat. Dans cet ensemble si correct, si honorable, ce n'est pas sans peine que vous avez découvert celui que Montaigne appelait le « maistre du chœur ».

M. Ch. Givelet, auquel vous décernez la première médaille, est l'auteur d'un volume richement illustré sur *l'Église et l'Abbaye de Saint-Nicaise de Reims*, dont le texte a été publié une première fois dans les *Travaux* de l'Académie de cette ville. Construite au moment de l'apogée de l'art gothique, sous le règne de saint Louis, et achevée sous Philippe le Bel, l'Église de Saint-Nicaise passait non seulement aux yeux des Rémois, mais de tous les écrivains du XVIIe et du XVIIIe siècle, pour un des chefs-d'œuvre du moyen âge en France. A la fin du siècle dernier, elle était encore intacte. C'est alors qu'elle tomba, victime d'un acte de vandalisme dont M. Givelet a retracé avec détail les douloureux épisodes. Les plus mauvais jours de la Révolution étaient passés et l'on pouvait espérer que les efforts faits depuis 1791 pour préserver la vieille église seraient enfin couronnés de succès. La démolition eut lieu malgré la municipalité, malgré le Conseil général, à la suite des démarches d'un agent de la « bande noire », protégé de Santerre ; cet individu acheta 45,000 francs un édifice

dont il retira, dit-on, 6oo,ooo francs. Heureusement,
Saint-Nicaise avait suffisamment éveillé l'intérêt des savants, à une époque où l'ancienne architecture française
était cependant mal comprise et peu étudiée, pour qu'il
subsistât des descriptions, des dessins et des gravures
propres à nous dédommager en partie d'une perte si
cruelle, tout en nous la faisant plus vivement ressentir.
Mais ces documents, relatifs à l'histoire du monument et
à ses dispositions architecturales, étaient épars dans vingt
volumes et M. Givelet a été bien inspiré en réunissant
dans son bel ouvrage tout ce que nous pouvons savoir
aujourd'hui à ce sujet. Il a fait ainsi à la fois œuvre d'ar-
chéologue et œuvre d'historien, profitant beaucoup, comme
il le devait, des travaux de ses devanciers, mais imprimant
aux informations si variées qu'il leur empruntait le cachet
de son érudition — disons mieux, de sa piété personnelle
envers ces glorieux souvenirs de l'art champenois. Peut-
être son œuvre eût-elle gagné en autorité, sinon en intérêt,
si M. Givelet avait indiqué plus exactement ses références
et mis ses lecteurs à même de les contrôler. Il semble
parfois que sa compétence en matière d'architecture ne
soit pas à la hauteur de son savoir d'historien et que sa
connaissance des styles décoratifs, auxiliaire indispensable
de la critique en pareille matière, n'ait pas toute la précision désirable. Mais, quoi qu'on pense de ces légers
défauts, l'œuvre est bien assise et les corrections qu'on y
pourrait apporter n'en modifieraient ni la belle ordon-
nance, ni les conclusions.

Vous attribuez la seconde médaille à un travailleur
zélé, M. Léon Maître, auteur de nombreux mémoires
réunis en deux volumes sous le titre de *Géographie histo-*

rique et descriptive de la Loire-Inférieure. Le premier volume
a pour objet la partie du département située au nord du
fleuve, le second est consacré à la fraction transligérine
de cette même circonscription. La géographie proprement
historique y est représentée par deux excellents chapitres,
qualifiés d'*Introduction* : l'auteur y aborde, avec une compétence depuis longtemps reconnue, l'histoire des *pagi*
entre lesquels se divisait jadis le département et nous rend,
en quelque sorte, l'état civil des anciennes paroisses dépen-
dant, pour la plupart, du diocèse de Nantes. Ce sont là,
comme on pouvait s'y attendre, les parties les plus solides
de l'œuvre de M. Maître. Les différents mémoires dont la
juxtaposition forme le corps même du livre offrent un
caractère presque exclusivement archéologique. Ils repré-
sentent au moins quinze années de recherches et de fouilles
relatives à l'époque gauloise, à la période romaine et à la
première moitié du moyen âge. M. Maître y étudie des
questions souvent fort délicates et dont quelques-unes,
comme celle de l'emplacement du port de Corbilon, sont
peut-être actuellement insolubles. Bien que plusieurs des
opinions qu'il émet soient de nature à soulever de sérieuses
critiques, on est heureux de lui attribuer un certain nombre
de véritables découvertes, comme celles des édifices
romains du Petit-Mars, de Mauves et de plusieurs autres
localités. Il a étudié ou exploré avec plus de soin que
ses devanciers certains gisements romains du pays nam-
nète et de la partie septentrionale de l'ancien territoire des
Pictons ; il a consacré aux anciens monastères de Vertou
et de Saint-Philbert de Grandlieu de curieuses monogra-
phies, fondées à la fois sur l'archéologie et sur les textes ;
enfin, dans les pages où il a traité de la vieille église de

Saint-Philbert, il a mis en pleine lumière, pour la première
fois, l'importance d'un monument qui est un des spécimens
les plus complets, en France, de l'architecture carolingienne.
Ce sont là des résultats considérables pour l'étude de nos
antiquités nationales et qui, appréciés à leur juste valeur,
devaient vous rendre indulgents tant pour le caractère
disparate de ces deux volumes, que pour les preuves d'inex-
périence que donne très souvent l'auteur lorsqu'il aborde
les périodes plus anciennes de notre passé. Avec le zèle
et l'intelligence dont témoignent ses fructueuses recherches, M. Maître pourra combler aisément les lacunes de
son savoir archéologique et, encouragé par votre bienveil-
lance, poursuivre la tâche difficile qu'il a entreprise dans
des conditions de plus en plus favorables au succès.

La troisième médaille est décernée à M. Georges Dottin,
auteur du *Glossaire des parlers du Bas-Maine*. Ce glossaire a
surtout une valeur lexicographique. Si, au point de vue des
sons et des formes, il ne fournit pas de renseignements aussi
précis que l'exigerait la rigueur actuelle des études dia-
lectologiques, ce n'est assurément pas la faute de l'auteur,
linguiste exercé et au courant des méthodes les plus ré-
centes. Mais il a dû travailler sur des matériaux réunis il
y a longtemps par des personnes différentes, opérant dans
des parties différentes du Bas-Maine et, par conséquent,
n'exploitant pas la même mine. La *Société d'archéologie de
la Mayenne* avait entrepris, il y a trente-trois ans, en vue
d'un concours ouvert par le Ministère de l'Instruction pu-
blique, un glossaire départemental qui ne fut pas imprimé,
n'ayant pas été terminé en temps utile. M. Dottin a été
chargé de le revoir, de le compléter et de le publier. A ce

premier fonds il a ajouté d'autres collections faites à peu près à la même époque. Il a soumis ces matériaux peu homogènes à une critique attentive, appuyée sur sa connaissance personnelle du parler d'une localité du Bas-Maine; mais on comprend qu'il n'ait pu leur donner le caractère de précision qui leur faisait défaut dès l'origine. Il a dû également renoncer à indiquer l'aire d'extension de chacun des mots qu'il a enregistrés, se bornant à en constater l'emploi.

Ces *desiderata* n'ont pas arrêté M. Dottin et on ne peut le regretter, car, comme il le remarque avec justesse, dresser le lexique d'une région quelque peu étendue, conformément aux exigences d'une méthode rigoureusement scientifique, demanderait un travail de si longue haleine que les patois auraient disparu — on sait avec quelle rapidité ils s'éteignent — avant que l'enquête ne fût terminée. Vous avez pensé qu'il fallait savoir gré à l'auteur non seulement de ce que son glossaire apporte, mais du courage qu'il lui a fallu pour en accepter la charge; il a mieux aimer s'exposer à des critiques, dont il connaissait d'avance le bien-fondé, que de laisser sans emploi des matériaux précieux, fruits d'un long labeur qui ne devait pas être perdu.

Nous devons à M. Legré, titulaire de la première mention, deux intéressants travaux sur *La botanique en Provence au XVIe siècle*, qui touchent à la fois à l'histoire littéraire et à l'histoire des sciences. En 1571 parut à Londres un ouvrage de botanique dédié à la reine Élizabeth, *authoribus Petro Pena et Mathia de Lobel medicis*. L'ouvrage reparut plus tard chez Plantin (c'était la même impression avec un nouveau titre), accompagné de corrections dont Lobel est le seul auteur. La disposition de cette seconde édition était calculée de façon à donner la prééminence au Flamand Lobel et comme, d'ailleurs, le Provençal Pierre Pena paraît avoir abandonné complètement les études botaniques pour se livrer à la pratique de la médecine, l'opinion s'établit peu à peu, parmi les érudits qui se sont occupés de l'histoire de la botanique, que Lobel avait eu, dans la composition de l'ouvrage dédié à Élizabeth, une part prépondérante. M. Legré a entrepris de démontrer que c'est là une erreur. Il prouve que Pena dut apporter à l'ouvrage la contribution principale et que tout ce que Lobel a produit postérieurement n'a que peu de valeur. Il analyse en détail le travail des deux botanistes, les suit dans toutes les régions de la Provence, qu'ils paraissent avoir explorée à fond au point de vue botanique, donnant la synonymie linnéenne des plantes dont ils font mention et témoignant d'une compétence spéciale à laquelle un membre de l'Académie des Sciences, consulté par nous, a rendu hommage. M. Legré n'a pas manqué de réunir tous les renseignements biographiques qu'il a pu trouver sur Pierre Pena, né à Jonques (Bouches-du-Rhône) et immatriculé à l'Université de Montpellier en 1565. Dans une autre brochure faisant partie de la même série, il a mis en relief les titres de Hugues de Solier, médecin et botaniste provençal mort peu après 1565. M. Legré a dépouillé attentivement les *Scholia* de cet auteur sur les deux premiers livres du médecin grec Aetius, qui traitent de botanique, et relevé tous les noms provençaux que Hugues de Solier a joints aux noms latins des plantes. Ici encore, botaniste doublé d'un érudit, M. Legré a donné une idée très favorable de la culture et de la

curiosité de son esprit, de son aptitude à écrire l'histoire
de la science et celle des savants.

La deuxième mention revient à M. Pagart d'Herman-
sart, auteur d'une *Histoire du bailliage de Saint-Omer*. Cet
important ouvrage est rédigé, en grande partie, d'après
les archives du Pas-de-Calais. C'est l'histoire du bailliage
et des attributions du bailli, administratives, militaires et
judiciaires ; c'est aussi celle des juridictions diverses de ce
ressort. On y relève beaucoup de détails intéressants
et nouveaux, en particulier sur les assises populaires
dites *franches vérités* qui se sont continuées jusqu'au
XVIIIe siècle inclusivement, sur les cours de justice appe-
lées *Vierschaires*, sur l'histoire des rivalités des bailliages
artésiens avec le conseil d'Artois. Parmi les sujets peu con-
nus qu'a élucidés M. Pagart, on peut encore signaler ce
qui a trait au dédoublement de la cour du bailli. Cette
cour fut pourvue originairement de conseillers bénévoles
qui donnaient leurs avis aux vrais juges, les hommes de
fief. Plus tard, ces conseillers bénévoles ou d'occasion
deviennent des conseillers en titre, c'est-à-dire de véritables fonctionnaires. Un peu plus tard encore, ces
fonctionnaires forment, à côté du tribunal où siègent les
hommes de fief, une seconde Cour qui juge exclusivement
les questions féodales et domaniales, ce qui n'empêche
pas les hommes de fief de s'occuper, dans un autre tribu-
bunal, des autres affaires, avec l'assistance d'un conseiller.
Si l'on peut reprocher à M. Pagart de n'être pas toujours
parfaitement clair et d'avoir laissé échapper quelques er-
reurs, son œuvre n'en est pas moins de celles qui, par une
étude attentive des sources, par un souci toujours en éveil

des détails précis et caractéristiques, contribuent à éclairer, non sans profit pour l'histoire générale, le développement local des institutions.

L'étude de M. Dieudonné sur *Hildebert de Lavardin, évêque du Mans, archevêque de Tours* (1056-1133), atteste des dons littéraires et un talent de mise en œuvre que vous vous plaisez à reconnaître en attribuant à l'auteur la troisième mention. L'intérêt du personnage, tel que le montre son biographe, est d'offrir un échantillon distingué, plutôt qu'exceptionnel, de ce que pouvait être un bon évêque en cette période confuse, mais pleine de vie, où bien des choses, qui seront plus fixées au XIII siècle, sont encore flottantes et où l'originalité d'un homme de mérite avait bien des occasions de se révéler. Mêlé par les circonstances à des événements politiques importants, à des querelles administratives, philosophiques et religieuses, à des affaires privées de toute sorte, Hildebert de Lavardin n'est ni un grand homme, ni un héros, ni un saint ; mais c'est un honnête homme, un habile homme, un esprit cultivé, souple, sensé, en somme un excellent représentant de toute une classe à la fois distinguée et moyenne qui a dû être assez nombreuse au XII siècle et qui offre de ce temps une image très nette et fort honorable. M. Dieudonné a étudié, avec un soin particulier, les *lettres* d'Hildebert et a cherché à en tirer un portrait de celui qui les a écrites. Le portrait ne manque pas de vie et doit être ressemblant. Mais l'auteur ne s'est pas contenté d'être psychologue ; il a fait œuvre de philologue et de grammairien en analysant le style et la langue de ces lettres. Hildebert était loin d'être un inconnu et l'ouvrage de M. Dieudonné n'apporte que peu de choses vraiment neuves ; il mérite cependant de compter parmi les biographies littéraires dont l'intérêt dépasse celui du personnage qui en fait l'objet.

C'est encore à un botaniste, M. J. Colomb, que vous décernez la quatrième mention, pour son étude sur *la Campagne de César contre Arioviste*, fruit d'une lecture attentive du texte des *Commentaires*, mais surtout d'une exploration minutieuse du terrain, c'est-à-dire de l'ancien pays des Séquanes. Sa conclusion est que la bataille décisive, loin d'avoir été livrée en Alsace, comme l'admettait Napoléon III, l'a été à Arcey, entre Montbéliard et Villersexel. Il est vrai que nos manuscrits de César portent que la rencontre des deux armées eut lieu à *cinq* milles du Rhin ; mais Plutarque et Orose, qui disposaient de manuscrits plus anciens que les nôtres, ont parlé de *cinquante* milles, de sorte que le témoignage des textes ne peut être utilement invoqué, ou ne peut l'être qu'au profit de l'hypothèse de M. Colomb. Une des parties les plus curieuses de son mémoire, celle où sa parfaite connaissance des lieux l'a servi le plus efficacement, est la comparaison qu'il institue entre la marche de César et celle de l'armée française en janvier 1871. La configuration du pays, qui n'a pas changé, imposait, à vingt siècles de distance, les mêmes combinaisons stratégiques, l'usage des mêmes routes naturelles ; César et Bourbaki venaient tous les deux de la vallée de la Saône, se dirigeaient vers la trouée de Belfort et devaient fatalement suivre les mêmes chemins. « Chose curieuse, ajoute M. Colomb, ils auraient, de plus, livré bataille à peu près au même endroit. » Quelque sédui-

santes que soient ces considérations topographiques et
stratégiques, il faut avouer qu'en l'absence de toute indi-
cation positive des auteurs, de tout argument archéologique comme ceux qu'ont fournis, par exemple, les fouilles
d'Alise-Sainte-Reine, le doute est encore permis. On con-
tinuera donc à discuter sur la campagne de César contre
Arioviste; mais on ne le fera plus sans tenir grand compte
de la pénétrante étude de M. Colomb.

M. Jules Coulet obtient la cinquième mention pour son
livre sur le *Troubadour Guilhem de Montanhagol*. Nous ne
possédons, de ce poète de second ordre, qu'une quinzaine
de pièces, toutes d'une facture assez ordinaire; plusieurs,
toutefois, sont instructives en ce qu'elles se rapportent à
des événements de la première moitié du XIIIe siècle et
peuvent être datées approximativement. L'édition qu'en a
donné M. Coulet atteste sa compétence; on n'attendait pas
moins d'un bon élève de M. Thomas à la Sorbonne. Dans
la préface, il y a quelques longueurs et l'on aurait voulu
que l'auteur passât plus rapidement sur des faits depuis
longtemps acquis. Le commentaire, où toutes les diffi-
cultés sont étudiées avec conscience, sinon résolues, sug-
gère parfois des critiques analogues. Mais il y a là, comme
dans l'établissement du texte, assez de preuves de savoir
et de zèle pour présager à M. Coulet un rang honorable
parmi les exégètes de notre poésie provençale.

M. Charles Sellier, que nous mentionnons en sixième
lieu, a donné le nom de *Quartier Barbette* à cette partie du
Marais, comprise entre les rues des Francs-Bourgeois,
Vieille-du-Temple, de la Perle et Elzevir, où s'élevait

autrefois l'hôtel Barbette, au sortir duquel le duc d'Or-
léans fut assassiné par ordre de Jean Sans Peur. Cet évé-
nement a été étudié par lui d'après les sources et dans le
plus grand détail; il croit avoir établi que l'assassinat a eu
lieu au n° 38 de la rue des Francs-Bourgeois et non pas,
comme on l'admet d'ordinaire, au n° 47 de la rue Vieille-
du-Temple. Mais il ne s'est pas borné à mettre en lumière
tous les épisodes du drame de 1407. Il a fait l'histoire de
l'hôtel Barbette, l'ancien pourpris de la reine Isabeau, et
des hôtels qui se sont élevés plus tard sur le même emplacement, réunissant, au sujet de leurs propriétaires et de
leurs hôtes, une foule de détails curieux et en partie iné-
dits. L'ouvrage de M. Sellier est donc une très utile contribution à la connaissance d'un coin de Paris qui a con-
servé, mieux que tout autre, sa physionomie médiévale et
auquel se rattachent de si tragiques souvenirs.

Après avoir donné les motifs des choix auxquels la Commission s'est arrêtée, votre rapporteur croirait laisser sa
tâche incomplète s'il ne se faisait, auprès des auteurs de
certains ouvrages, l'interprète de votre estime et de vos
regrets. Parmi les livres qui méritent cet hommage, il con-
vient de nommer en première ligne le *Recueil des documents concernant le Poitou,* publié par M. Paul Guérin,
d'après les registres de la chancellerie de France. L'auteur
a déjà reçu de vous la plus haute récompense et s'est trouvé
ainsi comme écarté du concours.

Un autre motif, non moins honorable, nous a empêché
de faire une place à la belle monographie de M. l'abbé
Clerval, *l'ancienne maîtrise de Notre-Dame de Chartres du*

Ve siècle à la Révolution. La partie de ce travail qui con-
cerne le moyen âge est très restreinte, alors que l'histoire
de la maîtrise, pendant les deux siècles qui ont précédé le
nôtre, y occupe une grande place ; on peut donc dire que
l'ouvrage, dont le mérite est incontestable, sort du cadre
où nous renferme notre tradition.

Trois travaux d'archéologie figurée doivent être cités
encore avec éloges, parce qu'ils témoignent de conscien-
cieux efforts dans la recherche et la classification des monu-
ments : ce sont *l'Œuvre des peintres émailleurs de Limoges*, par
MM. Bourdery et Lachenaud, premier volume d'une œuvre
qui promet d'être très importante ; *la Champagne souter-
raine*, de M. Léon Morel, très utile album de planches en
couleurs, accompagnées d'un texte moins heureusement
conçu ; enfin le *Catalogue des bronzes du musée de Troyes*, dû à
M. Louis Le Clert, riche collection de matériaux qui auraient dû être plus méthodiquement classés. Ces citations
à notre ordre du jour pourraient être multipliées ; il serait
même peut-être équitable qu'elles le fussent ; mais l'usage
impose à votre rapporteur une réserve dont il ne saurait
se départir sans votre aveu.

Messieurs, malgré l'exiguïté des récompenses que vous
décernez, malgré les exigences que vous opposez à l'ambi-
tion des compétiteurs, écartant d'avance toute œuvre de
compilation ou de science facile, vous voyez s'accroître
régulièrement, au grand profit des intérêts dont vous avez
la garde, ce qu'on pourrait appeler la clientèle érudite de
ce concours. Ce n'est pas seulement que le nombre des
érudits a augmenté, comme le niveau des sciences histo-
riques s'élève, mais que leur contact avec vous tend à

devenir plus étroit et plus fécond. Ils vous considèrent de plus en plus comme les témoins attitrés de leurs efforts, comme les juges naturels de leurs œuvres. En vous exprimant de la sorte leur confiance, ils vous marquent une sympathie que vous êtes heureux de leur rendre et dont vous attendez, pour eux et pour vous, de salutaires effets. Dans la longue enquête qui se poursuit sur les antiquités nationales, ce n'est pas un des moindres résultats de nos concours que de resserrer ainsi, d'année en année, les liens qui vous unissent à vos dévoués collaborateurs.

> *Les Membres de la Commission des Antiquités de la France,*
>
> Léopold DELISLE, Gaston PARIS, Alexandre BERTRAND, Paul MEYER, Auguste LONGNON, Paul VIOLLET, Robert DE LASTEYRIE, Salomon REINACH.

L'Académie, après avoir entendu la lecture de ce rapport, en a adopté les conclusions.

> Certifié conforme :
>
> *Le Secrétaire perpétuel.*
>
> H. WALLON.

Paris. — Typ. Firmin-Didot et Cⁱᵉ, impr. de l'Institut, rue Jacob, 56. — 38148.